윤외기 시인 네 번째 시집

너의 이름은 사브라

시인의 말

"사브라"는 선인장 꽃의 열매다
선인장는 사막과 같은 척박한 환경에서도
꽃을 피우고 10년이란 긴 세월 열매를 맺기 위해
떡잎이 가시로 굳을 때까지
아픔과 고통도 참고 기다립니다.

때로는 뿌리에 수분이 공급되지 않을 땐
피 맺힌 가시를 온몸을 두른 채
등줄기타고 흘러내리는
이슬로 타는 목마름을 적시며
화려한 꽃을 피우고 열매를 맺습니다.

우리도 시련을 극복하고 인생의 꽃을 피우듯
거친 세상의 환란 가운데 휩쓸리지 않고
내 곁에서 기다리며 온갖 고난을 인내한 후에
삶의 꽃을 화려하게 피우고 열매 맺은 당신을
난 이제부터 "사브라"라 부르렵니다.

2024년 따스한 봄날

하늘꽃 윤 외기 드림

울다가 지쳐버린 부엉이 울음소리
굽어버린 새우 등
헛디딘 발자국에 눈물 고이면
찌든 땀냄새로 치닫는 육신
빗장 채우지 못한 가슴속에
막막한 시간을 더듬거리며
목멘 유월의 침묵이 풀꽃으로 타오른다

  - 너의 이름은 사브라 중에서 -

목차

시인의 말

1부 너의 이름은 사브라

내가 사랑하는 당신은 ·················2

사랑이란 이름은 ·················3

모순 ·················4

숨 고르기 ·················5

미로 ·················6

이별의 정석 ·················7

달무리 ·················8

다 잊을 수 있나요 ·················9

못다 한 사랑 ·················10

얼음꽃 피우다 ·················11

침묵의 강 ·················12

그것까지 추억 ·················13

겨울 이야기 ·················14

도둑맞은 가을 ·················15

인연의 모순 ·················16

열정과 냉정 사이 ·················17

달빛의 여백 ·················18

너의 이름은 사브라*/끝없는 그리움 ············19

너의 이름은 사브라*/유월의 비목 ··········21

무한지애(無恨之愛) ···············22

커피 한 잔의 추억 ···················23

느영나영* ·····················24

2부 용서

꽃의 비밀 ····················26

바람잡이 ····················27

추억 이야기 ··················28

그리움의 상처 ················29

내 손 잡아준 당신 ············30

바람의 감정 ··················31

바다의 기억(Memory of Sea) ········32

씨앗이 열매로 ················33

잊어버린 사랑 ················34

인연설 ·····················35

용서 ······················36

세월의 언덕 ··················37

악령 ······················38

바람의 색 ···················39

바람의 흔적 ··················40

연가 ······················41

말하고 싶은 비밀 ··············42

기억 담기 ···················43

풀꽃에 머문 기억 ··············44

바람 타고 온 당신 ················45

사랑의 변주곡 ················46

잠들지 않는 추억 ················47

우연한 이끌림 ················48

3부 눈물꽃

추억 더듬기 ················50

애상의 추억 ················51

잊지 않을게 ················52

그리움의 눈빛 ················53

흩어지는 바람 ················54

꽃잎 연가 ················55

겨울비 ················56

시간에 대한 기억 ················57

바람꽃5 ················58

눈물꽃 ················59

삶의 끝에서 ················60

추억의 불놀이 ················61

작별하지 않는 바람 ················62

오로라 ················63

약속의 편지 ················64

겨울 나그네 ················65

잔비* ················66

부재중 ················67

쉿! 사랑입니다 ················68

엄마의 봄 ·····69

바람의 미소 ·····70

빛으로 오시는 당신 ·····71

바람의 언덕 ·····72

4부 그리운 사랑이 있습니다

그리운 사랑이 있습니다 ·····74

그리움의 여정 ·····75

날 위해 잊지 말아요 ·····76

그 해 겨울은 ·····77

숨어버린 그림자 ·····78

기억의 뿔 ·····79

바람이었나 ·····80

망각의 강 ·····81

기억이 머무는 곳 ·····82

사랑인가요 ·····83

바람이 떠난 길 ·····84

섬진강 연가 ·····85

하동애가(河東哀歌) ·····86

발길 머무는 그곳 ·····87

바람이 떠난자리 ·····88

달이 뜨는 강 ·····89

하늘지기 ·····90

바람의 초상(肖像) ·····91

가시덤불 ·····92

잊지마 / 은하(銀河)의 밤바다 ·············93

단심가 ·····································94

5부 꽃이 아름다운 것은

바람자리 ··································96

하늘의 눈물 ······························97

봉인된 비밀 ······························98

유혹 ·····································99

침묵의 바다 ·····························100

하늘이시여! ·····························101

멈추지 않는 시간 ·························102

겨울 끝에서 ·····························103

오직 너 ·································104

건들 수 없는 당신 ·······················105

이별의 끝 ·······························106

이별도 사랑이야 ·························107

당신의 고백 ·····························108

사랑한다 말하지 않아도 ···················109

비밀의 경계 ·····························110

만추 ·····································111

고백 2 ···································112

꽃이 아름다운 것은 ·······················113

우연한 이끌림 ···························114

바람의 언덕 ·····························115

사랑은 무죄 ·····························116

6부 널 만나고 싶다

빛으로 오시는 당신 ·················118

널 만나고 싶다 ·················119

가인 ·················120

흔들리지 않는 사랑 ·················121

봄의 환송 ·················122

내 마음의 동행 ·················123

바람의 귀환 ·················124

어둠의 강(江) ·················125

비몽 / 그냥 바라볼 수만 있다면 ·········126

침묵의 그림자 ·················127

환승의 시간 ·················128

그림자 밟기 2 ·················129

끼리끼리 ·················130

화무십일홍(花無十日紅) ·················131

무신무애(無信無愛) ·················132

먼 기억 속의 당신 2 ·················133

응급실 ·················134

슬픈 고백 ·················135

사랑 그것은 애가(哀歌) ·················136

멍에 ·················137

비에 젖은 바람 ·················138

쑥부쟁이 ·················139

흔들리는 밤바다 ·················140

1부

너의 이름은 사브라

내 발걸음이 가을 햇살에
잔물결로 흔들리는 것을 바라보는
그것마저 믿지 않다는 것은
바다가 무지 보고 싶다는 것이다

내가 사랑하는 당신은

가슴 닳도록 거칠게 숨 쉬어도
내가 사랑하는 당신은
하늘과 바다가 맞닿은 가슴에
잔잔한 물결로 출렁이듯
심장에 뱃고동 소리로 들려온다

사랑하는데 이유가 있을까
내가 사랑하는 당신은
노을이 부표가 되고
방황 길에 허기진 가슴
쉽게 찾으려는 기다림이란다

맞닿은 가슴 부르는 소리에
거친 파도로 철썩이듯
먼 과거 속으로 사라져도
그리움 찾아가는 당신은
사모하는 또 하나의 사랑입니다

사랑이란 이름은

음침한 골짜기를 걸어도
사랑이란 이름으로
언제까지 얹어 놓을 건가요

쑥스러운 바람이 머무는
순수가 아닌 들꽃 향기마저
메마른 먼지 냄새뿐인가요

다정한 눈빛이 무너지던 그날
그리움 한 편으로 마감하며
운무 속 그림자로 감춰버린 당신

불씨 높이 치켜든 보름달처럼
은은한 사랑의 뜨거움도
당신은 내 것이지만
드러낼 수 없음을 어떡하나요

사랑이란 이름으로 붙잡는 당신
아리게 안겨드는 가슴
깊숙이 들어차 떠나지 못합니다.

모순

사랑이라 써 놓고
너무 쉽게 이별이라 말해버리는
영혼 없는 당신 목소리에
그리움이 찰거머리로 붙었다

낡은 노트 한 쪽에
세월처럼 묶여버린 꿈 하나에
메마른 입술이 갈라지고
너무 아파 소리 내지 않아도
내 아픔 알아주려나

가슴 울부짖으며
서러움 안고 달래다 지워버린 채
기억했던 날들을 잊어버리면
기다림은 마침표 찍을까

행복했던 미소는
그리웠던 눈물 드리운 채
기다림 끝에 걸린 그리움은
설렘으로 흔적 남긴다

숨 고르기

한 발짝 다가와 끝마침 하고
아무 생각 없이 지키던 짧은 순간
꼭 안으며 달래줄 기다림은
잔잔한 미소로 머문다

바람 소리 흔연함에
무심한 세월 따라 숨 고르며
눈물로 웃어도 가슴으로 삼키듯
하얀 발걸음 내린다

고운 빛줄기 기다려도
애상처럼 그려놓는 그림자로
내 안에 들여 놓고
어우러지는 시간조차 사랑이란다

아무것도 아닌 것 같지만
텅 빈 가슴속에 비워 둔
내 안의 당신이란 낯선 이름은
기다린 찰나의 순간마저 행복이란다

미로

가슴 속에서 살아 숨 쉬는지
세상 희로애락 다 느끼며
천 년을 그리워하다가
못 견디게 가슴 아파하면서
삶이 붉게 물들어도
당신을 사랑하지 않으면
방황하는 마음 견디지 못해
초라해진 모습이 싫어
미로 속에 갇혀버린 마음
어떻게 하지 못하고
그리워할 수밖에 없어서
마음 다스리는 사랑이고 싶다

이별의 정석

끝내지 못한 미련 때문에
눈빛 하나 마주치지 못하고
세월을 외면한 채 눈에 밟혀도
안녕이란 단 한마디 말에
힘없이 뒤돌아가면서
안개비가 내리던 창가에
흐릿한 침묵이 내리는 날이면
괜히 눈물만 주르륵 흐르고
어두운 표정과 몸짓에
차갑던 입술이 파르르 떨리더니
눈에 잔물결로 또렷이 남아
부질없는 아쉬운 미련뿐
이것으로 위로할 수 없습니다

달무리

흐릿한 이별의 슬픔이
반짝거림도 잠시 잊은 채
울고 있어도 눈물샘은 마른다

눈물 가득한 아픔이
저문 달을 가슴에 안고
그리움으로 켜켜이 쌓여 있다

무의식으로 기운 달도
물안개 끝에 덕지덕지 맺힌
긴 세월이 지나면 다시 오겠지

다 잊을 수 있나요

보고 싶어서
정말 너무 보고 싶어서

떨리는 입술 맞물린 틈 사이로
갈망의 그리움은 애증으로
보고 싶은 마음 들켜도
울부짖는 사랑 잊을 수 있나요

미칠 것 같은 몽환으로
정말 미쳐버릴 것만 같은데
정신 놓아버린 그리움에
보고 싶었던 마음 밀어 넣는다

다 잊을지 모르는데
왜 내게 사랑을 만들었나요

못다 한 사랑

보이지 않는 바람에 흩날리며
가슴 저미는 달빛 축제는
못다 한 사랑에 한숨 소리로 안긴다

채운 사랑은 미움도 없고
갈무리에 기웃거리던 그림자가
반쪽만 보여주는 아쉬움에
길 잃고 헤매는 바람이 눈물 흘린다

이별은 눈물로 흩어져 내리고
서러움을 지키고 있으면
흐린 달빛으로 언제쯤 찾아오려나

얼음꽃 피우다

기억 저편에 외로이 서 있다가
혼자 피고 지는 꽃잎마저
촘촘한 그물망에 갇혀버렸다

펄떡거리는 물고기처럼
갈색 추억은 이슬방울로 맺히고
가슴이 아프도록 그리워해도
때론 새김질하지 못하고 이별한다

가슴 설렘으로 기다리다가
보고 싶어도 볼 수 없고
살아 있어도 영혼이 없는 꽃대처럼
어둠 속에 버려두지 못한다

북풍한설에 피는 얼음꽃은
홀로 비스듬히 기댄 채
허기진 들녘을 단아하게 지킨다

침묵의 강

아직도 못다 한 사랑이 내리면
그리움은 얼마나 깊어질까

보듬어 끌어안지 못한 채
통한의 눈물로 풀어 헤친다

갈바람처럼 가슴을 산발한 채
사랑이 이별로 끝이라면

목울대 터져 나오는 외침을
휘이휘이 풀린 눈꺼풀로 휘젓는다

그것까지 추억

망각의 강을 거슬러 올라
거칠게 들어차고 흩어지는 바람은
내 연약함을 알아버린 마음처럼
이제 아파하지 않으렵니다

가슴으로 사랑하는 것이
이렇게 아파해야 하는지 모르고
기억 깊숙이 넣어버린다는
그것마저 그리움이라 여기렵니다

당신은 이미 떠나고 없어도
시린 가슴으로 덮을 수 없다는 것을
휘청거리며 터지는 가슴 홀리듯
웃으며 떠나는 마음 알까요

사랑은 눈이 느끼는 것 아닌
키 작은 가슴이 먼저 알아버린 채
빛바랜 그리움이 잉태한 후
목마른 갈증 채워버리는 것이다

겨울 이야기

연습 없는 꿈으로 그림 그리며
은빛의 아름다운 동행을 꿈꾸었지
바람에 흔들리는 갈잎의 떨림은
기억 속에 숨어버린 그리움입니다

커피 향기가 낮게 깔리는
호젓한 바닷가 카페 창가에 앉아
지울 수 없었던 삶 밖으로 뛰쳐나와
바라보는 모습조차 아름답습니다

가슴 깊이 숨겨버린 기억 하나가
맑은 유리창에 비취는 눈빛조차
수면에 휘날리는 기억의 변주곡 되어
환상 속 그림자로 웃으며 다가온다

도둑맞은 가을

밤사이 내린 가을비 탓일까
갈바람에 눈속임하던 허깨비는
잠시 숨을 멈추고 있는지
안개가 허리춤에 힘겹게 걸렸다

스산한 소슬바람 불어오면
또다시 힘차게 날갯짓하려는지
떼어낸 손톱 크기 단풍잎마저
나무꾼이 선녀 옷을 감추듯 훔친다

어느새 내 곁에 다가온 계절은
또 무엇을 더 훔치고 싶은지

순간 떠오르는 환영의 인사조차
소리치는 그리움 앞세우고
애태우며 검게 타버린 가슴은
사랑을 사랑이라 부르지 못한다

인연의 모순

흐린 시간 여행은 영원하나
기억은 세월의 강을 부정하면서
바람의 흐름에 순종하는 모습인가요

달빛 하나 사르고 살라도
열정에 깔려버린 억눌림인지
흔적도 없는 그리움으로 흐느낀다

고분한 마음자리 따라가면
내 그리움만 데려다 줄 것 같아
긴 세월로 순종하는 길 찾아 떠난다

그리운 얼굴 잊지 못하고
잊어버린 모순 낳는 경계에서
인연의 뒤늦은 만남으로 설렘한다

열정과 냉정 사이

보랏빛 세월 속에 다 묻어버리고
검게 타버린 가슴 긁어내린다
뭉텅뭉텅 자름이 아닌 잘린 서러움도
언젠가 사랑의 추억으로 끝이라는 것을
아픈밤 고통은 주검으로 기억한다

숨죽이고 있던 가슴 응어리 토하더니
홑이불을 머리끝까지 덮어쓴 채
지그시 감아버린 눈빛 뜨거움조차
차갑게 식어버린 그리움 되어
충혈된 젖가슴 사이로 흘러내린다

넌 아직도 기억하는지
포근히 어깨 감싸는 이별마저
내 곁으로 오고 싶다는 한마디에
무심코 그리움 안았을 뿐인데
이젠 차가움도 고통으로 임 그린다

달빛의 여백

깊어져 가는 달빛 푸름은
하늘 위에 그려내는 당신 얼굴
짙은 가로등 불빛 아래로 번지는
긴 숨결은 그리움이 되어
부풀어가는 가슴 어루만진다

불빛 그림자 속에서
문득 당신 눈물로 흐르고
어김없이 가슴 파고든
그리움이 고스란히 품에 안길 때
허상은 숨죽여 울어버린다

어둠을 밀어내고 들어참은
짙은 달빛 그리움조차 싫어서
별빛 그림자 총총거림도
견딜 수 없이 미워도
어느새 그리움 되어 버린다.

너의 이름은 사브라*/끝없는 그리움

아무 생각 없이 무작정 강변을 걸었다
어둠은 양어깨를 툭툭 건드리고
심술궂게 하늘만 쳐다보라 하는지
두 손을 주머니 깊숙이 찔러 넣는다
힘없이 둘러쳐진 회색빛 건물이
층계마다 갈등으로 빼곡히 채우더니
까마득히 잊고 지냈던 질곡의 추억들이
시샘하는 바람에 부딪히는 두 다리가
허공을 헤집고 어디로 항해 하는지
눈부신 전조등에 모여든 봉긋한 동공이
물빛 속으로 빨려 들어가는 것조차
한 번쯤 기억 밖으로 꺼내 보이며
추억을 걸어가는 너의 이름은 사브라*
블랙커피의 진한 향기로 유혹하는
하얗게 피어나는 연기의 목마름 있었고
구석진 소파에 기댄 채 바라보니
연기가 구름처럼 그리움으로 치솟는다

사브라* : 선인장 꽃의 열매

너의 이름은 사브라*/유월의 비목

침묵으로 부딪치는 바람은
유월의 짙푸른 숲
혈기 왕성하던 지아비는
끝내 집으로 돌아오지 못하고
세월이 무던히 바뀌고
또 바뀌었지만
초연의 구름은
칠 부 능선을 맴돌아
말할 수 없는 사연으로 수군대며
바람 앞에서 아는 것
없다고 침묵한다

푸른 청춘의 꿈은
유월의 파로호 물빛
전쟁터에 나간
지아비는 소식 없고
아비규환으로 일렁이는
파로호 물결에
가슴 아픈 상처마저
제 살로 품고

핏빛 노을 집어삼킬 듯 광란으로 들끓어도
비목이 되어버린
사연 알지 못한다

말없이 흐르는 사연은
푸른 강물 위에 새겨진
핏빛 선혈
꽃이 피고 지는지 모른 채
기역자로 등골이 굽어버린
한숨 소리에
자작나무 잎이 우수수 흔들리더니
바람결에 맴놀이 한다

울다가 지쳐버린 부엉이 울음소리
굽어버린 새우 등
헛디딘 발자국에
눈물 고이면
찌든 땀냄새로 치닫는 육신
빗장 채우지 못한 가슴속에
막막한 시간을 더듬거리며
목멘 유월의 침묵이
풀꽃으로 타오른다

사브라* : 선인장 꽃의 열매

무한지애(無恨之愛)

엇갈린 인연은 사랑으로 흐르고
마주치는 잔잔한 미소처럼
유리창 너머로 보이는 설렘은
말하지 못할 부족한 언어가 된다

느낌으로 간직할 수밖에 없어서
방황하는 바람으로 떠돌다가
내 곁에 어긋난 사랑이 되어
휘감기는 당신의 그리움 된다

가슴 한쪽 차례대로 잠재워도
잠 깨워 달려드는 서글픔은
긴 여운의 물집 터트리며
손가락 사이로 후비고 파고든다

멍하니 눈 감고 하늘만 바라보면
햇살 아래 긴 그림자 드리우고
자리잡은 작은 가슴 부풀리는 감성은
사랑한다는 이유로 미소 짓는다

커피 한 잔의 추억

커피 잔을 사이에 두고
둘이 서로 마주 앉아
몽글몽글 피어나는 커피 향기에
안개 한 숟가락 타서 마신다

따스하게 데워지는 목구멍이
사랑으로 두터워지고
손끝과 잔 속을 떠나는 눈빛조차
쌉쌀한 커피 맛에 길들여진다

추억이 차곡차곡 쌓여가도
만날 수 없는 당신은
무심코 지나칠 수 없는 그리움에
눈물 한 줌 쥐어 보냅니다

느영나영*

해 질 녘 바람의 노래가
시린 가슴이 고통으로 몰아넣어도
그리움은 꽃으로 피어난다

시간이 먹혀드는 아픔에
찾아가는 길 더듬거리지 않아도
손 내밀면 닿을 거리에 서 있다

이기심에 네가 보고 싶어
지쳐서 잠들면 깨우는 시간도
내 눈가에 촉촉이 젖는다

그리움으로 들썩이며
불빛 반짝이는 모습조차
첫 시간도 조용히 불태워버린다

느영나영* : 너랑나랑 이라는 제주도 방언

2부

용서

가슴 아프게 해도
사랑했던 마음 때문에
상처 낸 사랑도 용서합니다

꽃의 비밀

꽃잎 입술 꼭 다물어 버린 채
곪아버린 아픈 부위를 도려내면
가슴 열고 숨겨두었던 말 뱉으려나

소중한 인연 하나 가슴에 안고
젊은 날 은빛 날개 짊어지고
곪아 터진 가슴에 귓속말로 전하려나

땅바닥에 떨어져 뒹구는 꽃잎처럼
시린 기억의 읊조림을 끝내고
허상으로 밀려오면 그때는 버리려나

바람에 찢겨 드러누운 가슴이
내뱉지 못하던 사랑했다는 말 전하고
입맞춤으로 흔적만 남기려나

바람잡이

바람의 숨결로 들려오는 유혹에
고요히 창가에 앉아 있으면
왜 눈물이 주책없이 흐르는지
울긋불긋 금긋기 게임하던 낙엽이
아쉬움에 오르내리며 춤춘다

거칠게 얼굴 파묻고 휑하니
흘러내리며 깃드는 바람의 여울은
아무리 두툼한 목도리로 칭칭 감아도
당신은 등줄기에서 목덜미까지
여전히 발가벗고 기다리며 서 있다

눈빛 달려가는 곳이 어디길래
바람이 길을 잊지 않았는지
가슴 시리도록 찾아가면
바람에 흔들리는 앙상한 나뭇가지에
잡을 수 없는 눈물로 걸린다

추억 이야기

번지는 상념에 실려 가는 추억
층층이 쌓인 시간을 딛고
외줄을 타는 마음으로 걸었을까
노을 지는 자리에서 마음이 묻는다

넌지시 내려놓으면
살며시 한 걸음 다가설 수 있는데
스타카토* 같은 그리움이
아픈 가슴 건드린다

뒤늦게 추억을 남기는
바람처럼 들리나요
은하계 저편에서 내게 다가오는 널
여운 짙은 미련을 가슴에 품는다

네가 가지고 있던
너의 모습을 갖고 싶다
카라의 기품 있는 우아함으로
널 기다려도 잊고 있는지

스타카토* : 해당 음의 길이를 줄여 짧게 연주하라는 곡

그리움의 상처

상처 부위를 지그시 누를 때
자지러지게 아픈 것은
이젠, 그리움의 계절이 왔다는 것이다

가끔씩 딱지 뗀 자리를
들여다본다는 것은
상처 입었던 시간을 잊지 않으려
조금씩 아물어가는 상처로 덧칠한다

뭉턱뭉턱 아프고 쓰라린
딱지 밑 벌건 아픈 부위를 볼 때마다
쓰린 가슴에 딱지 뗄 만큼의 미움이
상처 위에 사랑으로 앉았다

얄밉도록 아물지 않는 것은
때론, 사랑이라 말하면서
벌겋게 상처 준 당신이 밉다는 것이다

내 손 잡아준 당신

스산한 여울 빛 바람에도
유순하게 잔웃음 짓던 당신
검은 그림자로 넘어오던 철새가
금빛으로 물든 저수지를 선회하다가
되돌아 자드락길 넘어갈 때
노을 진 거리는 가로등이
하나, 둘 불을 밝히면
네온사인 불빛이 그리움 되어
창가에 희미하게 베어든다
어느새 세상을 까맣게 지우고
소음마저 어둠 속으로 삼켜버린 채
덩그러니 남아 있는 외로움이
어깨까지 덮은 얇은 이부자리 속으로
기척 없이 들어와 손잡아준 당신

바람의 감정

시린 가슴 속으로
바람이 그리움의 계절 깊이 들어와
서성거림으로 남겨진다

시린 바람이 불 때마다
생각한 만큼 시리고 차가운 가슴에
꼭꼭 감춰버린 사랑이란다

이제 와서 어떡하라고
사랑했던 마음마저 너를 닮아서
시리고 차가운 바람으로 되돌아간다

아무리 쳐다봐도
어디로 갔는지 보이지 않아도
네가 보고 싶었다 아니, 갖고 싶었다

표현할 수 없는 감정 아는지 모르는지
마음 구석에 쭈뼛거리는 것은 무엇인지
차라리 내 것 하련다.

바다의 기억(Memory of Sea)

내 바다는 아닐지라도
낯선 어둠 속에서
비릿한 바다 냄새가 코를 자극하면
머리카락 사이로 풀어 헤치는
바다 향기로 기억한다.

빛깔 고운 모래톱 위를
맨발로 걸어가면
반걸음씩 들어가는 밤바다
마주한 웃음마다 앵글 속에 가두고
한두 컷씩 번쩍이는 섬광

쏴 밀려드는 파도 소리는
바람 소리에 실려 멸망하고
허벅지까지 차오르는 거친 파도가
부드럽게 안마 해주는 듯
온몸으로 스며드는 바다 향기

침묵이 흐르는 밤
바다만 바라보는 시간
마주한 파도의 유혹 털지 못하고
내 가슴에 안겨든다.

씨앗이 열매로

머뭇거리는 시간
가슴 깊숙이 붉게 물드는
그리움 이기지 못하고
손바닥 짚어가는 힘겨운 기다림

무릎 세운 한쪽으로
가슴 기대어 고개 들지 못해도
무거운 눈에 매달리는 것은
그대가 그립다는 것이지

열 손가락 쭈욱 편 채
끝까지 뻗치는 힘 주어도
기억 속에 자리하는
손 마디에 매달리는 따스한 온기

어깨부터 쓸려 내려와
멈출 수 없는 거리에
손가락 끝에서 느껴진다는 것은
그대가 보고 싶다는 것이지

잊어버린 사랑

찻잔에 박하 향기 화하게 번지면
임의 향기 깊숙이 들어 앉히고
밖으로 따라오는 여운으로
그대가 내 곁을 지키고 있어도
마음은 언제나 가장자릴 맴돌고
에스프레소 향 진하게 날리는
아쉬움에 무거운 발길은
하얀 추억의 창가로 이끌고
홀로 나직이 뽀얀 안개로 가둔 채
카푸치노 크림은 어느새
턱 밑에 대롱거리는 눈물방울은
둘이 함께 듣던 사랑 노래로 흐른다

인연설

꾸르륵꾸르륵 치받는 몸부림
이름 붙이지 못할 감정
은빛 시간을 지키고 있다가
훌쩍 일어서는 임을 바라본다

발길 돌리다가 한 발 멈춤은
끝맺음으로 재촉하고
길게 따라오는 그리움에
촉촉하게 젖어버린 앞가슴

횅한 바람이 가슴 파고 들어와
아무도 모르게 하나 된 순간
소리 없이 커다란 가슴은
잊어버린 사랑을 시작한다.

용서

기다리지 않아도
사랑으로 찾아온 당신
내 마음 다 보여드립니다

사랑한다고
말할 수밖에 없는
운명이기에 사랑합니다

시들지 않는 마음
당신 앞에 내립니다
아니 내 앞에 내려놓습니다

가슴 아프게 해도
사랑했던 마음 때문에
상처 낸 사랑도 용서합니다

세월의 언덕

한 발짝 떨어져서
바라보고 지켜준다더니
반 박자 앞서가는
다홍빛 인연이고 싶었습니다

입술 밖으로 새어나오는 긴 호흡
헤아릴 수 없는 마음 얹어
추억의 강변에 남겨진
오직 당신 하나만 있습니다

무거운 바람이 불지 않아도
지움도 채움도 없는 눈물처럼
바람이 잠든 언덕에게
깊은 마음 내어드립니다

세월 속에 묻어 둔 채
당신만 따라가는 그림자조차
아직도 잊지 못하는 것은
가까이할 수 없는 인연이란다

악령

무겁게 잊힌 마음 쓸어내면
그리움까지 쓸려갈지 모른 채
곱게 펼쳐진 사랑 걷어내면
내 안에 지워지지도 않고
지울 수 없는 미련으로 붙인다

가슴 비울 자신이 없음에
주춤거리는 바보처럼
눈물마저 아픈 그리움으로
채울 수 없어도 채우려는 이성
머릿속에서 밀어내며 울부짖는다

말하지 않을 거라는 것 알면서
하라고 재촉하는 가슴에
사랑은 끝없이 홀로서기 해도
기억 속에 들여놓는 그리움
털어내는 눈물겨운 세월이여!

바람의 색

풍파 많고 시름 가득한 세상
푹 쉬었다 떠나도 될 것을
긴 숨결로 가슴속에 머물다가
익숙한 숨 조이기 시작해도
몸부림치며 빠져나온 거친 숨
격랑의 한판 승부차기로
정신 줄 놓칠세라 다짐하듯
다짐하는 각오처럼 그리워하다가
어울려 덩어리 뭉쳐 놓고
기다림은 바람으로 찾아왔다가
기억의 장막을 거둬들이고
낡은 시간 바람의 빛으로
붉은 기운 돌게 하더니
가슴 터지는 시퍼런 아픔마저
손가락 찍어 목구멍으로 삼킨다.

바람의 흔적

사방팔방으로 살펴볼 때마다
환희의 바람이 폭풍처럼 샘 솟는다
천상의 하늘 위에 맺혀 있어도
억겁의 세월은 땅으로 침몰하고
환영에 부르짖는 소리에
한 떨기 바람이 귓전 때려도
하늘 끝에서 땅끝까지
스치고 지나가는 바람이어라
바람은 세월 앞에 정지한 채
결과 결이 서로 부대끼며
바람의 길목을 지키는 흔적이
몽상의 울림으로 무섭게 달려든다
기억의 끝에 잇닿은 인연조차
이유 없는 그리움으로 밀려오면
한 발 비켜 서 있으면 괜찮으려나
밤사이 꿈길 걸으며 가슴앓이한다.

연가

환희의 물결로 만들어도
슬픈 눈빛은 시간이 흐를수록
파르르 떨리는 입술 사이로
끝없이 쏟아지는 사랑이란다

그리움이 너무 깊게 쌓여
사랑한다는 말 하지 못하고
기다림이 너무 길이 고여
그립다는 말 할 수 없습니다

은은한 눈빛에 설레는 가슴
순간의 머뭇거림도 없이
스치는 바람 끝에 걸려 있는
세월조차 당신의 사랑입니다

말하고 싶은 비밀

나만의 사랑을 위해
어쩔 수 없다는 것 알지만
그대 내 앞에 다시 올 수 없나요

그댄 마음 한쪽에
내 그리움 쌓지도 못한 채
곪아 터진 아픔 주는 사랑입니까

그대가 보고 싶어
아직도 진한 그리움으로
울어버려도 사랑은 미소 짓는다

말하고 싶은 비밀
그대 그리움은 누구인지
난 그대 사랑을 그리워합니다

기억 담기

그대가 불러대는 상념은
속절없이 보고 싶음에 죽었고
기억의 끝에서 다시 살아나
하나의 존재로 그려내는 사랑아

그대가 그리운 날이면
무작정 태초에 사랑을 잃고
겁에 질려 떨면서 헤매는 하와처럼
눈빛 맞으며 찾아온 그리움

이 시간 그대 생각에
그대만이 내 기억을 부를 수 있고
내 보고 싶음의 원조인데
흐르는 눈물 어떻게 하나요?

풀꽃에 머문 기억

당신 앞에서 풀꽃이 되어
몸을 포근히 감싸는 가시덤불에
숨 막히게 칭칭 감겨 있어도
지금은 풀꽃이 부럽습니다

열정과 냉정이 교차점에서
당신은 가시덤불이 되어
칙칙하고 속 깊이 드러내도
부끄럼 없이 엉키는 넝쿨입니다

겉으로 드러내지 않고 머문
누구에게 눈길 하나 받지 못하고
두꺼운 외투로 갑갑해도
당신을 포근히 안아주고 싶습니다

보라색 도톰한 꽃으로 피어
마음은 거미줄처럼 방긋
풀꽃 속에 기억을 꼭 숨긴 채
침묵은 당신을 지키는 가시덤불입니다.

바람 타고 온 당신

이렇게 한숨만 쉬고 있어도
내 가슴 속에 자리잡은
그림자는 도대체 누구의 것입니까

긴 그림자로 기다고
지키고 있다는 것 알면서
당신은 왜 이렇게 외면 하십니까

내 살갗 같은 임이여
지독히 사랑하는 숨결은
내 그리움이 되어 괴롭힙니다

가슴 시린 아픔 주는 숨결은
한 가닥 끄나풀 잡고 있는
바람 타고 온 당신이 보고 싶습니다

사랑의 변주곡

여윈 살결로 스치는 인연인데
당신의 숨결은 바람에 실려
이별 앞에서 어느 세월로 지키나요

사랑의 모습 간직한다 해도
어디 있는지 찾을 수 없고
채우지 못한 눈은 피눈물로 내린다

내가 사랑했던 임이여
꿈에서도 보고 싶었습니다
흐느적이며 침묵하는 마음 잡아요

물 한 모금 마시지도 못한 채
가슴 아파 피를 토하면서
헐떡대는 아픔이 변주곡으로 흐른다

잠들지 않는 추억

잠들지 못하는 사랑이
기억을 풀어 놓는다
언제부터가 아닌 기억하고 싶었던
멈춰버린 추억을 곱게 그린다

사진 한 장 들추어
초롬하게 개켜진 추억을 더듬으며
세월을 기억하는 그리움이
눈 뜨고 싶은지 반갑게 맞는다

기억하고 싶었던
짧은 시간 긴 추억들이
그리움에 흥분하며 다가오더니
잠들지 않는 추억을 꺼내 놓는다

지난 기억들이 숨 쉬고
가슴 아프도록 현상 인화된
한 장의 필름으로 말려든 생각조차
텅 빈 추억이 주제곡이란다

우연한 이끌림

그 이상 그 이하도 아니다
그리움 뿜어내는 불빛을 빠져나와
사랑에 홀린 듯 뒤쫓아간다

밤새 뒤척거리던 달빛 사랑은
당신의 빛으로 옹이에서 진물 나도록
색깔을 덧칠한다는 것이다

어떤 말로도 표현할 수 없어
눈으로 말하고, 귀로 느끼는 감성은
늘 잊지 못하겠다는 것이다

가물거리는 가로등 불빛 아래
무릎 꿇게 하는 갈망의 등딱지마저
죽이고 살리는 사랑의 표시다

수척한 당신의 고유한 사랑
흉내 낼 수 없고 탐할 수 없는 것은
환상 그 이상의 빛으로 채운다는 것이다

3부

눈물꽃

여운이 깃든 가슴에
추억으로 만들어버린 기억
날이 저물도록 달려간 길 끝에서
당신은 그림자로 손짓한다

추억 더듬기

이제부터 떠난 추억을 더듬으며
다 잊고 사랑했다 고백해도 될까요
그때를 기억해내던 생각을
눈빛 위에 스크린으로 펼치고
세월을 추억하며 돌아가는 영상은
뜨거운 눈빛으로 숨 고르기 하듯
숨차게 울렁거리는 가슴은
거친 숨 몰아쉬며 눈을 막아도
당신 앞에서 파르르 떨림은
가슴으로 덥석 끌어안고
하얀 흔적만 남기고 가버린
젊은 날 추억 속의 인연이기에
모난 사랑이 추억을 더듬거리며
그리움에 미소 짓는 사랑을 안는다.

애상의 추억

햇발이 성스럽게 내리던 날
멈추어버린 시계태엽이 풀린듯
수 없이 널브러진 체념까지
갈급한 시간으로 가로막는다

쳐다볼 때마다 그리워지는
먼 시간에 대한 기억은 세월로
뿌연 안개 가득 덮인 세상은
어쩔 수 없이 불빛 속으로 뛰어든다

잊어버릴 추억도 없지만
펑퍼짐한 가슴속에 들어차는
애상의 그림자로 붙잡아도
거부하는 몸짓으로 돌리는 시선

방황하던 가슴도 떠나려는지
출발선에서 몸 기울여 앞세우더니
예고없이 떠나는 마음마저
혼자 외롭게 홀연히 사라진다

잊지 않을게

눈이라도 내리면 향수에 젖어
추억은 꺼내지도 못한 채
초점 잃은 너의 시선이
흐릿한 안개처럼 보입니다

바람에 실려 온 눈꽃이
아픈 가슴 두드리고
이별은 한 뼘 가슴 속 열매가 되고
불어오는 허무한 바람입니까

쪼그려 앉아 얼굴 파묻은 채
혹시 빠진 것은 없는지 살피다가
내 곁에 머무는 줄 모르고
애타게 사랑했다고 말해줘요

눈꽃이 필 때까지
널 잊지 않고 기다리겠습니다
그때는 다 알게 되겠지요

그리움의 눈빛

텅 빈 가슴 휘저으며 보고 싶었다고
이토록 내 기억 속으로 누비더니
너의 언저리에 초점 맞추는 눈빛은
시간이 세월로 흘러도 떠나지 못하고
때론, 아쉬움마저 애달프게 하듯이
가슴이 닳고 닳아서 없어지더라도
또렷한 그리움이 자리한 자리에
세월이 지나도 꼼짝도 하지 않더니
애잔한 마음마저 모두 사라질까
미련이 미련 불러오는 절대 사랑아

흩어지는 바람

삼키고 소화하지 못한 채
네가 머물렀던 애잔한 가슴에
내 숨결로 일렁이는 바람의 체증이
아프게 부글부글 끓는다

한 꺼풀 벗어던지면
한결 가벼워질 줄 알았는데
두 겹이 아닌 내 살갗으로 벗겨내는
널 사랑하는 마음 어떡하지

내 온 가슴을 누비며
헤쳐 놓은 사랑으로 살아가는
긴 그리움이 바람으로 흩어지는 날
보고 싶은 네게 손을 내민다

내 곁을 지키고 있기에
널 기억하며 나만이 줄 수 있고
뇌리에서 잊어가는 사랑이 그리운지
바람처럼 살포시 이별한다.

꽃잎 연가

꽃잎에 맺힌 이슬은
보고 싶었던 당신 얼굴처럼
가녀린 품에서 이슬 되어
새벽에 아롱대는 꽃봉오리는
가슴 열고 기다리는 추억이어라

꽃잎에 내린 바람도
별과 함께 잠에서 깨어나면
아린 눈물은 슬픔 되고
가슴 태우는 입술에 맺히는
한 모금 정담 가득한 이슬이어라

꽃잎에 내린 이슬도
달빛 창가에 살포시 기대면
눈물 머금고 피어나고
잊어버린 눈동자로 흘러서
품에 안기는 영원한 사랑이란다

겨울비

겨울비 내리는 날
당신 곁으로 달려가면
가슴 따뜻하게 해 줄 커피 한 잔과
지그시 손잡아주면 됩니다

사랑한 마음 간절히
표현할 수 없다는 것은
이유나 핑계 없이 이별한다 해도
기쁨 가득한 사랑입니다

마음 깊숙이 적셔도
아픔으로 다가오는 빗물은
흩어지는 바람처럼 오시려는지
이젠 사랑할 수 없습니다

당신 바라볼 수 없음에
그리움에 흔들리듯 고백하며
숨결 깊숙이 사랑에 빠지고 싶어도
그럴 수 없음은 아픔입니다

시간에 대한 기억

가슴 차오르는 서러움도
빗줄기에 울어버리면
가슴 휘젓는 당신 때문에
모든 신경이 다 아픔 됩니다
내가 사랑하는 당신은
그리움 느끼게 하는
세상에 단 하나밖에 없는
나의 영원한 그림자입니다
끝까지 견뎌낸다는 것은
당신 향한 그리움조차
밤마다 아픔으로 느끼는 것은
나의 운명이기 때문입니다
아픔도 참아내는 사랑
마음 가까이할 수 없도록
바람처럼 사랑했기에
비에 젖는 먼 체념입니다
마음 흔들어버린 순간
내 눈물방울 맺힌 숫자만큼
당신은 아직도 애련하게
보고 싶었던 내 사랑입니다.

바람꽃 5

터질 듯 봉긋한 꽃방은
세월로 묶여버린 꿈 하나로
붉은 망토 걸친 바람꽃 여인이어라

바람결에 화들짝 놀라
돌담 뒤에 진홍빛 자태 숨긴 채
주체할 수 없는 격정의 파노라마로
펄떡이는 심장을 압박한다

봇물로 터지는 눈물은
핏빛 숨결로 조각내어 잘게 부수는
감정의 분출로 미련 없이 남긴
사랑으로 채워버린다

안개비 내리는 날마다
살며시 다가와서 입맞춤하며
스타카토 같은 여린 마음 터트린다

스타카토(staccato) : 음의 길이를 짧게 연주하라는 악상기호

눈물꽃

여운이 깃든 가슴에
추억으로 만들어버린 기억
날이 저물도록 달려간 길 끝에서
당신은 그림자로 손짓한다

버둥거리는 가슴에
서러움이 흘러내리고
나들목 만들어 가는 가슴골마다
당신은 그림자로 들락인다

볼 수 없을 것 같았던
그리움 앞에 오롯이 서면
잠시의 멈춤이나 주저함도 없이
슬픈 연가로 밀려든다

눈물이 흐르는 시간
그림자 하나가 어제처럼
놓을 수 없는 그리움의 약속 뒤에
서러운 당신이 있습니다

삶의 끝에서

꽃망울이 터지기 시작하면
바람이 품어버린 기억은
삶의 끝에서 외면할 수 없는
아련하게 피고 지는 봄의 향연이다

떠도는 구름을 앞세우고
갈팡질팡 방황하다가
흘러가는 세월의 바람은
되돌아오지 못할 메아리가 된다

잊을 수 없고 피할 수 없는
철갑을 두른 험한 삶들이
추억의 강가에서 미소 지으며
보이지 않고 요동치는 마음 아는지

하늘은 어디로 보냈을까
바람이 떠나간 자리에
오롯이 삶의 체중 갖고 싶어
그 끝이 어딘지 내 것 하기로 했다

추억의 불놀이

미쳐버린 불나방 한 마리가
탁한 먼지로 호흡하며
무릎 꿇고 다가서는 모습은
울부짖는 그 자체다

잡을 수 없는 허상을 꿈꾸며
내 목소릴 발견하는 귓속 울림은
웅얼거림으로 얼버무리며
불빛 속으로 뛰어든다

금단으로 잃어버리는 시간
그렁그렁한 미소 짓는다는 것은
알고 있으면서도 끊지 못한 채
중독성 강한 얼굴 건드린다

용기 내어 그리움 받쳐도
그림자는 낮은 창 너머
바람의 눈빛으로 다가오더라도
서글픈 바람 소리에 묻힌다

작별하지 않는 바람

바람이 떠나간 자리에
섬세한 매력은 침묵의 빛으로
탄생하는 그리움 하나가 내린다

사랑의 빛으로 용융되어
그대는 별 그림자로 들어차는
내 안에 그리움의 빛줄기가 된다

그대의 빛으로 비추며
보이지 않는 가슴 흡수하는
빛의 추임새로 작별하지 않는다

응어리진 바람이 되는
별빛 사랑인 줄 알았는데
하얀 미소로 농익은 그리움이다

오로라

소리 없이 내리는 빛줄기가
내 안에 들어올 범위를 조율하며
수직으로 자라는 적운처럼
밤하늘을 미친 듯 날아다닌다

나선형 성운 하나로 합체되어
어둠은 억만년 침묵으로 흐르더니
단짝을 이루는 색상 번짐은
하얗게 뿌린 영역까지 포획한다

꿈틀거리는 광채의 향연마다
세상 어떤 색으로도 나타낼 수 없는
눈물방울로 재탄생한 빛줄기는
고귀하고 순결한 사랑의 젖줄이란다

약속의 편지

어깨 위로 요동치는 사연들이
잊을 수 없었던 흔적처럼
곁에 없음에 더 보고 싶었다 하네요

가슴 울리며 샘솟는 사랑으로
아무런 약속은 하지 않아도
미리 겁먹고 저만치 도망을 가네요

끝없이 흐르는 눈물로 쓴 편지가
석고상 되어 옷깃만 적셔도
사랑은 가슴앓이 신기루 같은가요

못다 핀 인연으로 아파하면서
수취인 없는 편지를 보내면
오랫동안 기다렸다는 듯 받아주려나

겨울 나그네

고즈넉이 부는 영혼 없는 바람은
임을 그리워했다는 것을 알까
사랑하던 마음마저 떠나보내고
호젓이 쓸쓸한 인연에 고개 떨군다

편안하게 자리하는 사랑 때문에
서러움을 접어버린 두 마음이
한 뼘 정도 거리에 머물러 있다가
호두 껍데기처럼 닫힌 가슴 열릴까

살포시 고개 숙인 그리움은
갈바람이 지나간 자리마다
강물이 흐르는 마지막 고백처럼
가슴이 맞물린 추억은 이미 떠났다

쓸쓸한 이별에 가슴이 무너지고
조용히 만질 수 없었던 마음에
포근히 쓰다듬고 품을 수 있다면
단둘이 나누었던 사랑을 추억하련다

잔비[*]

메마른 낙엽 위로
비에 젖은 쓸쓸한 사랑이 날아올라
수줍어 붉어지는 가슴에
바람이 살짝 제쳐 놓은 틈 사이로
사르르 그리움이 내려앉는다

하얗게 일어나는 그리움은
무엇이 부끄러워 살며시 안기고
찬비에 빛고운 색으로 물들어
탐스럽게 익어버린 가슴 출렁이다가
부서진 바람에 촉촉이 젖는다

가슴 발갛게 물들이고
헤아릴 수 없는 그리움이
풍성한 가슴에 젖은 수줍음으로
속내 드러낸 채 고개 숙이면
발갛게 익어가는 가슴에 닿는다

잔비* : 가늘고 잘게 내리는 비

부재중

불 꺼진 어둠이 세월로 드러누워
덩그러니 외롭게 지키고 있다가
산모롱이 감싸고도는 뽀얀 안개처럼
스멀거리며 등줄기 타고 올라오는
그림자 하나가 달음박질치다
새벽마다 꿈의 소망을 주워 담는다
당신은 오롯이 하늘빛으로 흘러서
저벅저벅 걸어와 어깨 기댄 채
분신 하나가 그리움만 끌어안고
못다 한 사랑을 모로 세운 채 있다가
한없이 서러운 가슴을 열어젖히고
몽글몽글 피어나는 아지랑이처럼
이유 있음도 없다고 우기며 기다린다

쉿! 사랑입니다

그리움에 밀려 점점 멀어져도
잊지 않고 빗장을 벗겨내듯
절대 놓을 수 없는 소망의 불빛은
붙잡힌 판도라 상자 속 비밀로
묶이고 매여진 당신은 사랑입니다
재빠르게 움직이는 시간마다
당신을 세월로 돌려 잡을 수 없어
하루 종일 건듯 불어오는 실바람조차
그리움이 그리움의 형틀에서
벗어나지 못하는 것도 사랑입니다
종일 그리움으로 또각거리며
무색, 무취의 형체도 없는 사랑을
당신 혼자 다 갖고 있기에
그리움이 빛고움으로 만들어
가슴으로 꼭 안아버린 사랑입니다
그리움이 내 목젖 적셔도
당신을 가슴속에 채우고 또 채워도
영원히 지울 수 없는 얼룩진 상처
차디찬 영원이란 이름을 새기며
점점 물들어가는 당신은 사랑입니다

엄마의 봄

침묵이 어둠 속으로 파고든다
아무것도 느끼지 못한 채 돌아서면
말없이 창가에 앉아 있는 당신을
안스럽게 지켜줄 새벽바람이
아프게 떨어질 꽃잎의 안부 전한다

쉽게 잠들지 못하는 불면의 순간
말없이 문닫아버린 가슴마저
순간 햇살 떠오름에 목이 메도록
이유 없이 냉정하고 슬퍼하는
시린 가슴으로 봄을 포근히 안는다

가슴 속을 가득 채우던 두근거림이
목적지 없이 마음속에 두고 사는
잠깐의 느낌에도 소름 돋는
뜨겁고 여린 마음에 눈물 비취는
몸서리치는 야윈 봄이 이별을 전한다

바람의 미소

가슴 한쪽 울렁이게 하는
바람의 향기가 여리게 달려든다
길게 늘어선 제방 끝에 봄이 움트면
불어오는 바람마저 포근하다

텅 빈 겨울의 끝자락에
촘촘하게 짜인 틈새 비집고
눈부시게 짙푸른 하늘이 달려오는
봄의 랩소디로 꼭 안겨든다

토닥이는 바람을 맞으며
두 팔 가득 벌리면 가슴이 터질 만큼
짓무른 봄을 품속에 넣으니
하늘에 떠 있는 별처럼 예쁘다

돌아서는 멜로디 흐름에
허상의 기억을 좇아가는 미소마저
바람은 어느 사이에 멈추고
소매 끝에 너울너울 날갯짓한다.

빛으로 오시는 당신

하나로 말할 수 없는 행복
내 안에 빛 되시는 당신
내게 큰 기쁨으로 다가오시어
겉마음과 속마음이 하나가 됩니다

서툰 표현에도 포근한 미소에
사랑으로 에워싸고 빛으로 오셔서
불꽃처럼 활활 타오르는 당신이기에
행복은 절절한 사랑이 됩니다

세월이 흘러가도 감출 수 없고
빛이 날 수밖에 없는 당신
벙그는 입술 숨기고 싶지 않은지
두 손 모아 당신 이름 부른다

세월로 적시고 담아내는 당신
사랑은 는개 빛고움마저
어둠을 가르는 날개이기에
내겐 아무것도 대신 할 수 없습니다.

바람의 언덕

살가운 바람의 춤사위에
하늘은 향기마저 잊어버리고
신기루로 사라진 채 남는 것 없어도
내 손끝에 잡히기만 해도
잔잔한 바람의 숨결에 갇혀버린다

상처도 흔적도 없으니
바람은 흩어진다고 지울 수 없고
실타래에 올이 뒤엉켜 풀리지 않아도
더듬거리는 차가운 이별은
나지막한 손가락 끝에 걸린다

조금 늦어도 괜찮아 늦으면 어때
사랑이 눈물로 드리워지고
버석거리는 이불 속에서 흩어지는
그대 향기에 몸을 뒤척여도
이제는 다 지우고 잊으라고 전한다.

4부

그리운 사랑이 있습니다

검붉은 가을을 내두르고
가슴안 다소곳이 기다리다가
발갛게 익어가는
그리운 사랑이 있습니다

그리운 사랑이 있습니다

검붉은 가운을 내두르고
가슴안 다소곳이 기다리다가
발갛게 익어가는
그리운 사랑이 있습니다

밑바닥 드러내고 훑어가며
아낌없이 안겨든 사랑을 뿜어낸 잔해가
내 간절한 목소리로
그대 가슴에 닿길 원합니다

그대 사랑의 파편이
내 가슴속에 정함 없이 꽂히고
아픔마저 느끼지 못하더라도
사랑으로 채워갑니다

푸른 사랑을 읊어주며
발개진 가슴을 보석처럼 빛낼
안기고 안아주는
그리운 사람이 있습니다.

그리움의 여정

금그어버린 상처 때문에
애써 대답조차 하지 못하고
가슴이 쓰리고 아파도
달빛 아래 꼭꼭 숨겨둔 채
지그시 다문 입술 사이로
수없이 많은 비밀을 간직하고
가슴팍 열어 보여줄 수 없어
서러움이 봉긋 솟아오르는
갈라진 가슴골 사이로
흘러내리는 빛고운 사랑은
아쉬움이 그리움으로
눈 뜨지 않길 바라는 마음
마주할 수 있음에도 등지고
손끝에 모인 잔인한 고통으로
당신 향해 눈도 뜨지 못하고
고스란히 남아 있습니다.

날 위해 잊지 말아요

마주한 눈빛과 닿아진 코끝에
푸른빛은 향기로 다가와서
저 멀리 비추고 들어오는
내가 말 없음도 잊지 말아요
은은한 달빛 그리움의 여운조차
사랑의 빛줄기에 중독되어
찬란함이 화려함을 사랑한다
그늘진 동그란 눈동자 위에
환상의 불빛으로 반짝이고
찬란함으로 돌아가서 보여주던
사랑의 빛 그 어떤 것으로도
보이지 않는 색의 극치로 말한다

그 해 겨울은

당신을 사랑으로 붙잡아 새우고
흐물거리며 쓰러지고 나뒹굴어도
발 끝에서 오름을 시작하듯이
하나의 또 다른 결정으로 맺어진
슬픔은 가슴에 맺힌 한이 되고
마음은 포근한 사랑 만들어
세월속에 깊숙이 새겨 넣어도
굵혀지는 낙엽 같은 밤을 지나서
대롱거리는 햇살 한 줌의 바람처럼
여물어 꽉 차오르는 이 한밤도
손을 뻗어 그리움으로 잡는 것은
당신을 너무 사랑했기 때문입니다

숨어버린 그림자

바람이 전해 온 가슴에
익숙하지 않은 흔적마다
작은 팔딱거림에도
그림자 위에서 엇박자로 날뛴다

예사롭지 않은 바람이
설렘으로 가슴 치고 들어와
사랑을 사랑이라고 말하지 못하고
숨어버린 그림자 만들어 간다

어제까지 없었던 트임처럼
숨어서 작은 길 열어가는 바람조차
익숙하지 않은 이별 때문에
텅 빈 가슴 팔딱거린다.

기억의 뿔

머리끝으로 다가오는 느낌이
오롬(Orom)* 사랑으로 아려와도
추억으로 그립던 가슴은
내 사랑이라서 그립고
당신 그리움이라 더 아픈가요

차갑고 가슴 시린 새벽마다
떠남에 몸부림치던 그리움 되어
따스함 속으로 파고드는
오들거림이 그립고 보고 싶어
턱턱 숨이 막히도록 헐떡거립니다

천천히 바라보는 눈빛 속으로
내가 들어가고 들어가 버린
깃털처럼 가벼운 바람이
눈에 짓밟히는 그림자 되어
당신이 준 사랑은 기억의 뿔입니다

*오롬(Orom) : '완전함'을 뜻하는 순우리말

바람이었나

등 뒤에서 들리는 숨소리가
세월 속에 켜켜이 쌓이면
바람결에 가슴 깊이 부풀린다

폭신하고 부드러운 사랑이
내 안에 뜨거운 열기에
그댈 맞바람으로 그리워한다

가슴이 느끼는 생명줄 하나가
그대 곁을 지키는 사랑인가
바람은 포근한 마음으로 적신다

그댄 채울 수 없는 바람인가
보고 싶어 매달리는 시간
스치는 바람이 내게 달려든다

망각의 강

세월 속에 던져진 사랑은 떠나도
기억은 망각의 강을 거슬러
바다를 덮을 수 있는지
이 순간 바람에 흔들리며
가슴 흘리고 가는 무게를 아실까

그대의 작은 부분까지 아파하고
걱정의 그늘 아래 거닐 당신은
그 누구도 아닌 내 사랑인데
추억으로 남아 있지만 미안해요

기억 속에서 가슴 살릴 수 없어
들것에 실려나가는 가슴 없고
내 안에 슬픈 그림자로 기억한 것은
당신이 보내준 아픔보다
더 아프게 사랑했었나 봅니다

거센 풍랑에 다 쓸려가기를
추억의 흐름은 세월로 마주해도
죽어도 처음 사랑으로 지키며
슬픔 주지 못한 것은 사랑입니다.

기억이 머무는 곳

조용히 즈려밟히는 달랑거림에
바람이 가슴 파고들어 간지럽힌다
여전히 익숙함에 굴렁쇠 된 설렘
내 가슴 속에는 누가 살고 있기에
울렁거리는 그리움도 사랑이어라

아파도 눈물 떨구며 기다리는지
거친 표면에 들어찬 나약함은
알아버린 속 차라리 혼자 아파하자
키 작은 가슴 넓기를 바라는 것은
결코 눈이 알아간다는 느낌 아니다

거침 속 여림은 그리움을 잉태하고
눈에는 갈증의 목마름 채웠기에
마음 하나 사랑한 게 아픔인 것은
기억으로 남아 있는 그리움인데
당신 혼자 남아 있어도 괜찮은가요

사랑인가요

아무것도 손에 잡히지 않아
무심코 볼펜 끝만 빙빙 돌리다가
끝없이 보고 싶어 죽을 것 같아
허공을 맴돌아 메아리로 쏟아진다

오르내리길 수 없이 반복하다
겨우 숨만 헐떡거리며 살아낸 시간
가슴속에서 수 백번 죽어나가는
시간의 흐름도 아프게 속앓이 한다

어둠이 내리고 그리움도 내리면
가슴 후비며 밤을 긁어내리는 고통
그대를 그리워하는 병을 옮기듯
떠날 시간은 또 다시 꿈으로 영근다

언제나 그대 곁에는 내가 있고
영원히 풀지 못할 숙제처럼
내 곁에 그대가 붙어 있는 것은
그리웠던 사랑을 채운다는 것이다.

바람이 떠난 길

어디서 왔다가 어디로 날아가고
당신 시선 안에 머문 눈물인지
꽃다운 사랑으로 가슴 열었더니
바람이 살결 부드럽게 잠을 청한다

아픈 가슴 두드리는 바람처럼
시간은 여전히 어디로 흘러가도
둘도 없이 따스한 사랑을 전하며
숱하게 지나간 세월의 흔적이란다

내 가슴 위로 한가로이 거닐다
꽃잎 연서로 흔적 남긴 시간마저
가슴 파고들다 질끈 묶여버린 채
숨 막히게 그리워했던 당신입니다

가슴으로 전하는 바람의 숨결은
귓불을 스치는 따뜻한 밀어가 되고
살포시 포옹하며 떠나간 바람은
내 안에 솟구치는 욕망으로 들린다.

섬진강 연가

푸른빛 찬란하게 뒤엉킨 채
그리움에 토닥이는 강물과 합체되어
질긴 인연의 바다로 길 떠난다

세차게 부어대는 빛줄기가
윤슬에 반짝이는 너울로 춤을 추다가
잔상으로 흐르는 수면 위에
나를 밀어 넣고 가슴 아프단다

실바람에 파릇파릇한 찻잎
초롱초롱한 향기에 취해 임종을 맞는
도도한 눈빛으로 다가오더니
짙푸른 강변에서 서럽게 울어버린다

한발 내밀고 허우적거리다
수심 짙어가는 그리움 하나 채워두고
긴 고독의 사슬로 묶는다.

하동애가(河東哀歌)

몽실몽실 피어오르는 섬진강 운무
하동포구 송림을 감싸고 맴돌아
포근함으로 가슴 벅차게 한다
그리움으로 깨어난 가슴은
또 하나의 이름으로 터벅거린다
긴 기다림 끝에 비가 멎으면
어쩌면 한시도 끈을 놓지 않고
잠깐도 잊은 적 없음을 기억하는
내 서러움의 숙주로 살았고
가슴 멍들어 파란 눈물 흘리고
심장을 뚫어버리는 한마디에
피를 토하며 터져버리는 숨결은
그리움 하나로 가슴속에 스며든다.

발길 머무는 그곳

세월 속에 던져진 슬픈 눈빛이
발길 따라 하나씩 잊혀가고
거칠게 숨이 가슴에 차오르면
서러움에 굳이 대답하지 않아도
힘겹게 눈물 한 바가지 쏟아부으면
무엇이 되어 흘러내릴 텐데
들려오는 노래가 감성 유혹하고
산모퉁이 굽이치며 달려간 그곳엔
머리는 안개꽃 면류관 둘러쓰고
허리에는 꽃상여로 피어난
꽃구름에 엉겨 붙은 그리움 하나가
어쩌면 저렇게도 아름다울까
눈물 글썽이며 잊어버린 기억이
혼절하며 주저앉아 버린다.

바람이 떠난자리

영원히 붙잡고 두고 싶지만
바람이 떠난자리마다
잊혀진 마음 끝내 말하지 않고
이젠, 붙잡아도 소용없다

놓으면 가슴 아프고
잊으면 슬퍼지는 아픔 잊으면
그립던 가슴은 아픔으로
이러나 저러나 아픈건 마찬가지

잡히면 기다림이 가슴으로
놓음도 잡음도 없는
어찌할 줄 모르는 고통에
가슴만 죽도록 아프게 한다

고통으로 썩어 문드러져도
바람에 떠도는 구름이 흘러감은
내 하나의 사랑 때문에
가슴은 그리움의 향기 진동한다

달이 뜨는 강

깃털처럼 가벼운 바람결 따라
당신을 만나러 지금 갑니다
눈에 밟히고 짓물러도
텅 빈 마음 이대로 떠납니다

가슴속에 흑암을 드리운 채
투명 살얼음 수면을 지켜보다가
그립던 얼굴로 떠 있는 달이
꼭 당신을 닮았습니다

힘겹게 허공을 맴돌다가
추락하는 날개로 달무리 휘저으며
이러지도 저러지도 못하고
갈등하는 마음 들켜버렸습니다

은근슬쩍 손 내밀어
잔물결 헤치고 만지고 싶어도
물빛 파장으로 흡수되어
잡을 수도, 놓을 수도 없습니다.

하늘지기

벼랑 끝에서 새벽을 밀쳐낸다
혼자 맞이한 지친 마음조차
살며시 금그어버린 하늘로부터
쓰라린 살점이 맞닿을 때까지
자지러질 듯 아픈 가슴은
꼭 만나야 할 설겅거림마저
보고 싶지 않은 만남을 인지한 듯
왜 가슴 보챔으로 주저하는지
잠시 설익은 짧은 재회에도
빛을 잃고 세상 끝나는 그날
등에 업힌 세월로 꼭꼭 동여맨
서러운 몸짓은 꼬리에 꼬리 물고
깨진 가면 조각 뒤집어쓴 채
갈기갈기 찢겨버린 가슴 아프다.

바람의 초상(肖像)

정신 줄 놓아버린 바람이
무심한 기억으로 새날을 맞는다 해도
불면의 긴 새벽이면 지쳐버린다

바람 끝에 또렷이 전해지고
혼미해짐을 느낄 때면 꼭 쥔 주먹이
손톱 사나운 눈길에 갇혀버린다

떠남에 뒤죽박죽 갈등하며
무슨 해답을 얻기보다 숨 막혀도
한 번 더 볼 욕심에 숨죽여 인내한다

먼 길 떠남에 퍼붓는 바람이
흐릿한 계절이 여명의 시간으로
일그러진 잔상으로 내 앞에 머문다

빛바랜 추억을 먹은 시간
이별 후에 바람은 하늘을 원망하면서
아무 말 않고 날 위해 울지도 말자

가시덤불

실눈 뜨고 바라본 모습은
가늘게 보이지 않고
듬직한 모습으로 서 있었다

한쪽 눈 찡긋 감고 바라본 모습은
여전히 흐트러짐 없이
꼼짝 못 하게 껴안고 있었다

가슴이 두근거리고
심장은 살아 있다고 팔딱거리며
맴놀이로 힘차게 뛰어다녔다

두근거리는 가슴 부풀려
뜨거운 입김 불어오는 설렘조차
당신은 내 것이란다

잊지마 / 은하(銀河)의 밤바다

바다는 이별 없는 준비로
추억은 뜨거운 눈물로
노을은 부드러운 입술로
사랑으로 다가서는 긴 여정까지
포옹으로 포근히 감싸버린다

영원히 기억할 줄 알았는데
그리움에 밀려 슬퍼하기 전에
살며시 다가오는 당신과 함께라서
까만 밤을 하얗게 새우며
바람에 흔들리는 숨결이란다

바라보는 불빛 그리움은
당신의 사랑을 원하지 않아도
차디찬 밀물로 밀려오면
바람이 불기도 전에
노을은 준비 없이 이별이란다

단심가

조금 작은 듯해도 절대 작지 않고
그렇게 밀려왔다 멀어지길 반복해도
가슴 한쪽에 남아 줄다리기한다

불어오는 바람은 기쁨이 묻히고
멀어진 강물은 슬픔이 흐르고
거친 파도로 밀려들면 더 보고 싶다

가볍게 왔다가 멀어진 인고의 세월
애타는 가슴은 원망으로 채워도
또 찾아올 거란 것 알고 참고 견딘다

그리움이 풍기는 바다가 보고파
켜켜이 재워둔 마음의 갈피엔
단 하루도 당신 잊어본 적 없습니다.

5부

꽃이 아름다운 것은

당신 향해가는 그리움의 연정으로
꽃일 적도 꽃이 아름다운 것은
영원한 사랑을 틔웠기 때문입니다

바람자리

당신은 도대체 무엇을 하려고
이슬 한 방울 머금고 있는지
모든 게 스쳐 가는 바람일 뿐인데
왜 그렇게 애처롭게 나를 지키나요

당신은 도대체 어떻게 하려고
바람 속으로 흩어질 뿐인데
마네킹처럼 굳은 표정 지으며
왜 이렇게 나를 자물쇠로 채우나요

털끝만큼도 생각하지 않았는데
내 곁으로 찾아온 당신이
결단코 내 사랑이 아니라 해도
눈빛만 보아도 다 읽을 수 있습니다

무심한 듯해도 마음 구석에
한 번 보지도 듣지도 못한
허공에 흔들리는 사랑이 아니라
얄팍한 추억으로 남겨두기로 했어요.

하늘의 눈물

하늘의 고통 때문에
울어버린 눈물로 땅바닥은 흥건히
진통의 잔재 뿌려두고
애통의 잔재 피해 발길 재촉하며
행여 하늘 아픔도 내 아픔일까
눈물 맞음을 피해 다닌다
하늘은 또 어떤 아픔을 가졌고
하늘은 어떤 슬픔 느끼길래
고통스럽게 울면서
아프다고 아우성치는 걸까?
하늘의 아픔이, 고통으로
하늘을 연민의 정으로 바라본다
울어라 울어서 아픔과 슬픔
다 걷어진다면 거침없이 울어라
눈물의 짠맛으로 더 아파도
내가 함께 울어 주리라

봉인된 비밀

가슴으로 풀어내는 하늘이
오늘도 아픈가 봅니다

얼마나 고통과 아픔이 크길래
그침없이 소리내 울면서 눈물 흘릴까

고통이 더했기에 울부짖고
숨 막히는 고통이면 번쩍이는
기절의 찰나로 맞는다

하늘의 고통마저 비밀로
눈물로 땅바닥이 흥건하고
고통으로 신음하는 잔재를 피해
슬픔도 내 것으로 느껴짐은

내 아픔으로 갖기에
발길 재촉하는 아픔도
봉인된 내 아픔일까 싶어
쏟아지는 눈물 맞으면 피한다.

유혹

철썩이는 피안의 잔물결이
그리움의 핏방울로 튀어 오르고
유혹의 영혼들이 온 사방으로 번지면
아무것도 못하고 기지개 켠다

뜨거움에 고개 들지 못하고
타오르는 가슴 두근거림에 떨게 하고
뜨거운 열정으로 가슴 태워버린
높새바람의 언덕을 넘는다

사랑이 열정으로 타올라
순간 소용돌이치는 상념은 다소곳이
가슴 태우는 유혹으로 살아나서
세월은 바다로 빠지는 물보라

저당잡힌 기억이 싫은지
설렘은 무지개다리 만든 유혹의 반전
속살의 전율은 바다의 노을로
붉은 기운을 하늘로 끌어 올린다.

침묵의 바다

침묵으로 받들 수 있는 것
다 받아 검은빛으로 물들인다
사랑에 빠진 유혹이 바다로 뛰어든다
떨어질 듯 떨어지지 않는 품 그리워
얽힌 바닷가에서 품에 안긴다

바다는 잡을 수 없는 인연
그림자 붙들며 침묵하는 안타까움에
말없이 침묵으로 기다린 밤바다
한량없이 그냥 바라만볼 뿐
침묵하는 바다는 말이 필요 없다

바다는 겉으로 표현하지 않는다
말 없는 침묵마저 설렘으로 삼키고
그윽한 눈빛 속에 간직한 채
가슴 깊이 담아버린 침묵의 바다
어둠에 잠긴 밤은 검은 바다와 동격

하늘이시여!

생각만 해도 유난히 추웠던 겨울
너무 추워서 할 말도 잊은 채
봄눈 녹이듯 살포시 감싸안아 주고
포근하게 사랑하고 싶은 당신이
곁에 있는 것처럼 느껴질 때
어느새 살며시 다가오더니
아른거림으로 따스하게 손잡고
미소로 채워주던 그 한 사람
당신이 남겨준 사랑의 목마름도
그리움 하나로 가슴에 안고
사랑한 날을 가슴 깊이 새기고
당신의 첫 사랑을 느낀 마음처럼
오롯이 하얀 여백으로 메꾸며
당신 향한 연서로 대신하렵니다

멈추지 않는 시간

보고 싶었던 마음이
기다림의 길목에
끝없이 쌓이고 쌓이면
그리움은 하얀 눈꽃이 되겠지

가슴 속에 묻어 둔
그리움의 꽃이
투명 고드름 위에 내리면
가슴 시린 겨울마저 녹여줄까?

소식도 없는 그대를
기다린다는 것과
내 마음이 얼마나 아파하는지
그대는 알지 못합니다

꽁꽁 얼었던 내 그리움이
눈물로 쏟아질 때
차라리 하얀 눈이라도 내려서
그리움의 꽃이 피길 기다리렵니다.

겨울 끝에서

흐르고 흘러서
파란 하늘이 그리워
그리움의 바다가 된 당신

숲이 그리워
오르고 또 올라도
먼 산이 되어버린 당신

늘 푸른 숲이고
싱그런 나무가 되어
숨 쉬는 산소로 다가온다

엷은 안개 감싸는
골 깊은 계곡 샘물은
마르지 않는 사랑을 전한다

오직 너

내 숨결 위에
맑은 눈빛 마주하며
따스한 온기로 하나 된 사랑

추억 속 잔상은
하나 된 그대가 그립고
내 사랑이 너무 보고 싶어서

둘이 하나 된 순간
기쁨은 환희의 미소는
행복한 꿈나라로 떠납니다

사랑한다는 것은
햇살처럼 반짝이다가
울렁거림 멈추지 않는 시간이다

건들 수 없는 당신

내 곁으로 온 당신
유혹하기를 바라는 마음 알기에
당신을 유혹해도 될까요?

내 마음속에 꼭 잡아두고
오롯이 당신 혼자만의 아집으로
내 마음 다 갖은 사랑입니다

내 마음대로 유혹하는 손길
당신을 잡지 않아도
눈빛만으로 잡힌 그리움입니다

내가 그리움을 느꼈기에
영원을 약속한 당신 곁에서
내 안에 앉힌 사랑입니다

내가 유혹하지 않아도
당신은 이미 유혹당한 그리움으로
내 사랑 거부하지 못합니다

이별의 끝

무릎 아래는 그리움이 흘러서
온몸을 피 돌림 하듯이
가슴은 서러움을 동반한 채
발등 아래로 사랑이 첨벙거린다

내 하나의 사랑이 만든
그리움이 무르익어
진한 향기로 나부끼더니
이별은 종점을 향해 달려간다

끓어오르는 체온 높여
끌어안는 그리움은
저절로 자라는 것 아니라
눈물샘 껴안고 있다는 것 알겠지

가슴 터질 것 같은 사랑이
뜨겁게 열을 내면서
툭 건드린 하나의 미련마저
열정으로 뭉쳐진 그리움이란다

이별도 사랑이야

쑥스러워 외롭다 말하지 않아도
가슴속에 숨기지 못할 고백이
멈칫거리는 발걸음이 아닌
다 떨어질 꽃잎인 줄 알면서
허기진 가슴 지키며 속삭거리다가
그립다고 말하며 입술 포개는
짜릿한 입맞춤이 외로움 달랜다
시간의 흐름에 따라 변하는
길섶에 멈춰 서 있는 짙은 구름은
내 가슴 다 가져버린 마음마저
불꽃처럼 거칠게 타오르다가
오롯이 새벽부터 밤까지 기다린
비밀로 찾아갈 이유 있음에
툭 끊겨버린 이별도 사랑이란다

당신의 고백

그리운 마음에 스쳐 가는 바람
손가락 꼽기에도 부족한 날
동그란 얼굴이 하얀 가슴 되도록
어제는 아주 많이 아팠습니다
얼마나 아팠으면 신열 토해내듯
잠시 머물다 떠나는 마음에
쭈뼛거리다가 멈칫거리는 발길
힘주어 들려주는 호탕한 웃음소리
한낮의 고요처럼 얼굴 덮고
이곳까지 아니 거기까지
다가오면 말할 수 없는 고백은
당신 품속에 들어가고 싶단 생각뿐
가벼운 생각에 술잔 부딪치며
형체 없는 그리움 안고 일어서서
그리움 느끼는 형상 만지며
매일 애태우는 가슴도 사랑입니다.

사랑한다 말하지 않아도

가슴 비집고 파고들어 오더니
고백하지 않아도 가슴 설레게 하고
네가 기다리고 있는 길 따라가면
바람에 잔가지 일렁거리더니
언덕에 기댄 어깨 흔들린다

자글자글 밀려드는 잠결처럼
구성진 노랫말로 들려오는 어둠
기류의 작은 밀림조차 슬픈 멜로디로
마음 아프게 하는 가랑잎8 떨어도
귀는 하나만 골라서 듣는다

감촉으로 들려오는 바람 소리에
약한 듯 쓰러진 가슴이 기억해 내는
질곡의 늪에서 밀려드는 길목을
유혹하는 숨결에 흔들려도
코끝에 배인 흔적으로 다가선다

비밀의 경계

당신 곁으로 찾아가는 길
마음이 불러도 대답할 수 없음에
얼마나 멀길래 거친 숨 쉬며
풀꽃 속 이곳저곳 찾아 헤맨다

가슴이 다가서면 고개 숙이는
얇은 사랑에 걸쳐진 마음에
이쪽 끝에서 저쪽 끝으로
기다리다 쌓이는 그리움 숨긴다

금그어 버린 마음에
빛줄기 쫓아가는 어두운 밤길을
직선은 아니지만 굽이치며
내려오는 경계에서 서성거린다

손등으로 흔적 지우면
초롱초롱 해맑은 이슬방울로
기억의 흔적으로 남으려나
불빛 그리움 차오름에 숨이 거칠다

만추

이대로 굳어버리고
굳혀진 입술을 바라보면
슬프디슬픈 눈빛으로 변하고
가슴마저 붉은 사랑으로 물들인다

설렘 가득하고
부드러운 입술마저
빛고운 사랑으로 박힌 채
서러움은 다홍빛 노을에 취한다

미칠 것 같은 심장은
그리웠던 가슴속에 안겨
사랑으로 붉어진 눈시울처럼
금세 바람을 포옹하며 끌어안는다

긴 여운만 남기는
가슴 짧았던 사랑마저
행복의 길로 들어가는 가을이
사랑보다 더 진한 다홍빛을 뿌린다

고백 2

그리운 마음에 스쳐 가는 바람
손가락 꼽기에도 부족한 날
동그란 얼굴이 하얀 가슴 되도록
어제는 아주 많이 아팠습니다
얼마나 아팠으면 신열 토해내듯
잠시 머물다 떠나는 마음에
쭈뼛거리다가 멈칫거리는 발길
힘주어 들려주는 호탕한 웃음소리
한낮의 고요처럼 얼굴 덮고
이곳까지 아니 거기까지
다가오면 말할 수 없는 고백은
당신 품속에 들어가고 싶단 생각뿐
가벼운 생각에 술잔 부딪치며
형체 없는 그리움 안고 일어서서
그리움 느끼는 형상 만지며
매일 애태우는 가슴도 사랑입니다.

꽃이 아름다운 것은

처음부터 끝까지 금 긋는 마음에
추억 끝에서 기다리는 당신
직선이 아니라 곡선이라 해도
기억 저 멀리 있는 그곳까지
마음과 사랑이 걸쳐진 가슴을
손바닥으로 지우던 그날
기억 속에서 살아 숨 쉬는지
끊임없는 그리움 전하며
토닥이는 빗방울 소리에 젖어
가슴 찢어지게 두근거리고
저 먼 은빛 바다를 헤엄쳐
돌아가는 기억 저 멀리 있어도
당신 향해가는 그리움의 연정으로
꽃잎 져도 꽃이 아름다운 것은
영원한 사랑을 품었기 때문입니다.

우연한 이끌림

그 이상 그 이하도 아니다
그리움 뿜어내는 불빛을 빠져나와
사랑에 홀린 듯 뒤쫓아간다

밤새 뒤척거리던 달빛 사랑은
당신의 빛으로 옹이에서 진물 나도록
색깔을 덧칠한다는 것이다

어떤 말로도 표현할 수 없어
눈으로 말하고, 귀로 느끼는 감성은
늘 잊지 못하겠다는 것이다

가물거리는 가로등 불빛 아래
무릎 꿇게 하는 갈망의 등딱지마저
죽이고 살리는 사랑의 표시다

수척한 당신의 고유한 사랑
흉내 낼 수 없고 탐할 수 없는 것은
환상 그 이상의 빛으로 채운다는 것이다

바람의 언덕

살가운 바람의 춤사위에
하늘은 향기마저 잊어버리고
신기루로 사라진 채 남는 것 없어도
내 손끝에 잡히기만 해도
잔잔한 바람의 숨결에 갇혀버린다

상처도 흔적도 없으니
바람은 흩어진다고 지울 수 없고
실타래에 올이 뒤엉켜 풀리지 않아도
더듬거리는 차가운 이별은
나지막한 손가락 끝에 걸린다

조금 늦어도 괜찮아 늦으면 어때
사랑이 눈물로 드리워지고
버석거리는 이불 속에서 흩어지는
그대 향기에 몸을 뒤척여도
이제는 다 지우고 잊으라고 전한다.

사랑은 무죄

생각만 해도 가슴이 뜨겁고
끝없는 파문이 여운 되어
그리움으로 기도하는 마음입니다

사랑은 무조건 무죄
먼 후일 가슴에 안겨 줄
이별도 인연이기에 행복입니다.

추억은 인연보다 깊은
이별의 영역에 속한다 해도
혼자만의 아픔이기에 사랑입니다.

6부

널 만나고 싶다

검불은 가운을 내두르고
가슴안 다소곳이 기다리다가
밝갛게 익어가는
그리운 사랑이 있습니다

빛으로 오시는 당신

하나로 말할 수 없는 행복
내 안에 빛 되시는 당신
내게 큰 기쁨으로 다가오시어
겉마음과 속마음이 하나가 됩니다

서툰 표현에도 포근한 미소에
사랑으로 에워싸고 빛으로 오셔서
불꽃처럼 활활 타오르는 당신이기에
행복은 절절한 사랑이 됩니다

세월이 흘러가도 감출 수 없고
빛이 날 수밖에 없는 당신
벙그는 입술 숨기고 싶지 않은지
두 손 모아 당신 이름 부른다

세월로 적시고 담아내는 당신
사랑은 는개 빛고움마저
어둠을 가르는 날개이기에
내겐 아무것도 대신 할 수 없습니다.

널 만나고 싶다

날 위해 하늘을 바라보고
설렘 가득 안고 밀려드는 파도는
안개에 실려오는 고독처럼
급하지 않은 바람마저 안단테

널 황홀하게 만드는 시간
갈무리에 휘젓는 바람은 얄궂지만
애써 감춰도 감출 수 없는
흰 머리카락은 바람에 맡겨버린다

내 발걸음이 가을 햇살에
잔물결로 흔들리는 것을 바라보는
그것마저 밉지 않다는 것은
바다가 무지 보고 싶다는 것이다

널 가슴에 넣고 만나던 그날
가늠할 수 없는 이격거리에는
햇살 닿는 자리에 피고 지는 꽃처럼
온화한 미소가 참으로 예뻤다.

가인

한 발짝도 가까이 올 수 없게
뭉턱뭉턱 잘려 나가는 아픔
지울 수 없고 잊을 수 없는
그대 그리움이 된 마음
밖으로 나갈 수 없게
너무 깊숙이 박혀버려
그대 사랑 삭히지 못하고
표정 없는 등만 바라보다가
손등 깨물 때 봇물 터지는
검은 슬픔은 막아내도
솟구치는 눈물조차
철없는 세월로 지나도
내 그리움의 시작 그대여!

흔들리지 않는 사랑

아린 슬픔이 내 앞을 가린다 해도
손등에 떨어진 눈물이 더 아프다
닦아도 앞이 보이지 않는 시야
세월은 통곡의 벽을 넘지 못하고
끊을 수 없었는지 아주 멀리 떠난다

고개 젖히고 숙이는 풍경소리
여우 꼬리로 달라붙는 검은 마음에
거침없이 사랑했던 기억이 생생한데
죽지 못하는 그리움 살려내듯이
한순간도 잊을 수 없는 사랑이란다

당신 손길로 내 눈물 닦아주면
가슴밖에 꺼내지 못하고 신음하며
한없이 느림도 빠름도 아닌
거친 숨 몰아쉬는 목각 인형처럼
날개 잃은 천사의 마음 전하렵니다

봄의 환송

가슴이 부푼 날 바닷길 찾아가면
노을은 청록의 바다로 물들고
굳이 파도 타지 않아도 흔들리는 듯
톡톡 바람부는 날은 파도가 거칠다

솔잎 향기가 코끝을 에워싸고
포구에 쌓인 아련한 기억이
바람에 요동치는 물결로 일렁이는
삶의 끈은 영혼의 가슴앓이로 잇는다

강한 느낌으로 찾아와 숨어버린
마음의 강물 녹이는 텅 빈 껍데기로
자박자박 소리 없는 손놀림에
갯벌 비릿함도 달콤하게 느껴진다

하얀 눈발이 한 번쯤 더 내려야
봄의 환송 이야기로 무너질 텐데
잊지 못하고 들켜버린 마음에
꽃 빛으로 살결 닿는 햇살이 따습다

내 마음의 동행

가슴 아파도 아프지 않은 척
처음부터 별은 반짝거리며
울부짖고 있다는 것 다 알기에
날 위해서 이젠, 눈물 흘리지 말자

흐릿해지는 별을 바라보며
내 가슴 속에 반짝거림도
네게로 흐른다는 것 잊지 않고
가슴에 흐르는 눈물 맛보렵니다

함께한 시간이 기억 속에 있기에
추억 속에서 매일 널 만났지
흐릿한 기억이 만난 그리움으로
같은 자리에서 반짝임이 행복했었다

가슴에 유일하게 반짝이며
너를 만나는 나의 사랑이
여전히 잊지 않고 다음 생에는
내 사랑 다 받아가는 주인이 되세요.

바람의 귀환

꽃바람에 여인은 치맛자락 잡아도
부풀어 오르는 옷고름이 춤춰도
목덜미 잡히지 않는 빛줄기
옷깃이 흐릿하게 보이는 것은
그물에 걸려 있는 바람을 그려도
어쩌면 통곡하는 생각이 꼬여
눈물 흘리면 안 될 것 같은 상념은
결국 가슴 아프게 한다는 진실
눈물이 고통 만드는 결정체처럼
그리움의 웅덩이에 발 담가
풍덩거릴 때마다 발버둥 치는
억겁의 인연은 실타래로 뒤엉켜
풀리지 않는 삶의 먼지가 되고
보고 싶음이 된 진리를 기억합니다.

어둠의 강(江)

회색빛 어둠이 흩어지면
침묵으로 깊어지는 밤
유난히 반짝이던 별 하나까지
동공 깊숙이 각인시키며
추억 속에서 숱한 세월을 보냈다
새벽안개에 서러움이 내리면
버석거리는 심장 속에 박힌
뜨거움은 그대로이지만
뭇별 하나를 포옹하는 순간
가슴 패인 흔적이 세월을 말한다
단단한 어둠은 새벽을 부르고
매몰찬 고독을 몰아내고
어둠이 어둠을 더하면
푸른빛 감도는 구석에 앉아
요동치지 않아도 가슴은 시리다
달빛 어린 숨결은 바람이었나
소금처럼 서걱거리는 심장은
회색빛 어둠을 매만져도
불쑥 가슴 문이 닫히던 순간
심장에 그댈 새겨버린 것 알지요

비몽 / 그냥 바라볼 수만 있다면

작은 소금 알갱이가 결합하여
큰 결정체로 변하는 것처럼
당신 또한 시절 인연을 말하듯
햇볕에 그을린 숨결은 바람이었나
글썽이는 눈물로 바람꽃 피웠다
어지럽고 자욱하게 가슴 패인
먹빛 하늘이 깨어지는 순간
그냥 바라볼 수만 있다면
둘이 하나 되던 날 밤이 깊을수록
애틋한 그리움에 흠뻑 젖었다
단내나도록 소금꽃 피우고 나면
아무것도 모른 채 반짝이다가
수 없이 동공을 각인시키는
세월 속에 떠나보낸 듯하지만
여전히 둘이 하나가 되어 떠났다
스쳐 가는 바람에 빼앗겨버린 심장
유난히 반짝이던 별을 포옹해도
푸른빛 감도는 세월로 들어와
요동치는 그침도 흩어짐도
가슴에 그댈 새겼다는 것 알지요?

침묵의 그림자

가슴 아파도 아프지 않은 척
원조부터 별이 반짝거렸던 것처럼
울부짖고 있다는 것 알고 있다면
날 위해서 더 이상 눈물 흘리지 말자

점점 흐릿해지는 별을 바라보면
내 가슴 반짝거림 놓지 마시고
네게 흐른다는 것 잊지 않고
가슴으로 흐르는 눈물로 맛보렵니다

함께한 시간이 기억으로 있기에
추억 속에서 너를 만났지
기억으로 만난 그리움 이기에
같은 자리에서 반짝임이 행복했었다

매일 만나던 그리운 사랑이
가슴 속에 유일하게 반짝거리며
여전히 잊지 않고 다음 생에는
온전히 내 사랑을 다 받는 주인되세요

환승의 시간

끝없는 그리움에 아쉬운 시간
그림자 길게 뻗는 침묵은
아직도 당신 곁에 눈동자로 남아
아련한 슬픔으로 머물며
만날 수 없다는 안타까움에
먼 기억으로 찢긴 당신
만질 수도 놓을 수도 없는
어느 순간 동행하는 사랑 되어
눈에 채워짐은 곁에 없어도
기억하는 마음 에워싼 채
밖으로 나오지 못하는 강한 사랑
끝없이 그대 그리움 떠나보냅니다

그림자 밟기 2

산 너머 그윽이 골 깊은 곳
풋사랑을 그리며 걷던 애탐도
하루 종일 한숨 소리 죽여도
총총걸음으로 반복하며
오가는 마음은 늘 제자리걸음이다

기다림을 깔아야 하는 시간
너무 진한 그리움인지
아니, 강렬한 사랑인지
꽃들이 경쟁하며 피어나듯
걸어가는 시간은 그리움뿐이다

그대는 푸른 하늘지기 되어
내게로 다가오는 그림자
감청의 그리움으로 산란하는
짙푸르고 앙증맞게 감싸는
마시멜로의 푸딩처럼 탱글탱글하다.

끼리끼리

잊을 수 없어 떠나지 못해
부푼 가슴은 사랑을 잉태한다
잉태한 생명체로 간직한
사랑을 숨겨도 터질 것 같다

한 계절, 두 계절 떠나버린
계절이 모여 한 시절을 넘기고
지나간 언어의 난무 속에
기억했던 아픔만 남기는 가슴

불어오는 바람으로 꺼내 놓고
달콤한 사랑을 맛보인 언어
아무것도 알지 못하는 사이에
가슴은 사랑을 잉태하며 커진다

화무십일홍(花無十日紅)

흐르는 세월은 막을 수 없고
꽃 피울 수 없는
사랑이라는 것 다 알면서
가슴 깊이 믿었습니다

애타게 그리워하는 것도
그리움의 꽃이 아니라 부정하면
사랑도 사랑이 아닌가요?

당신의 향기가 코끝을 노크하는데
어떡하라고 내버려 두시는지
그립고 슬픈 가슴 되어
사랑을 잃고 비에 젖는 꽃이여!

눈물이 슬픈 가슴에 매달려
별빛 따라 습관처럼 찾아와도
혼자서 하는 사랑은 언제나 씁쓸하다

무신무애(無信無愛)

우물안에 갇혀버린 진리는
깨우침에서 깨달음으로
빠져나올 공간 하나 없었습니다

불 꺼진 창가에 멈춰버린
보고 싶은 사랑아
그치지 않는 가슴속에서
슬픔이 없어지는 줄 알았습니다

아직도 살아 움직이는 추억이
울컥 쏟아지는 아픔에
부르튼 입술은 피멍 들도록
어금니 물고 참아도 눈물범벅입니다

별빛 내리는 창가에서
소리 내어 울 수 없어 삼키는
아픔과 슬픔은 홍역이고 진통입니다.

먼 기억 속의 당신 2

당신의 사랑은
너무 열정적이라서
가슴 뜨거워짐 어쩔 수 없습니다

눈뜨면 물러서고
눈감으면 한 걸음 다가서는 당신
입맞춤으로 사랑합니다

살며시 안아주고
눈물방울 떨어지기 전에
다시 태어나도 당신 사랑합니다

먼 기억 속의 사랑이기에
잠시도 잊을 수 없는
내 앞에 온 당신 죽어도 사랑합니다

응급실

팔 걷어 젖히고 다가오면
두려움에 먼저 눈 감아버린다
살짝 건들기만 해도 어지럽고 아픈데
한 바퀴 돌아서 심장에 몰려드는 피

피를 뽑아야 한다는 한마디에
공포에 질려 기절해버린다
선택한 결정에 힘없이 무너지면
세상은 숨 막히게 외롭고 쓸쓸하다

비 내리는 회색빛 도시는
황량하고 쓸쓸하게 다가온다
두렵지 않은 허름한 골목길 언저리에
흩날리는 바람이 옷깃 여민다

부인할 수 없는 시간
심장을 탈출한 붉은 피가
짧은 외출을 끝낸 후 평안한 숨 끝에
코를 벌름거리며 돌아눕는다.

슬픈 고백

그리움 이전에 사랑이었고
그때도 지금처럼 늘 한결같았지
둘이서 함께했던 자리에
이제 혼자 서 있으면
바람이 등 뒤에서 훌쩍거린다

세월은 한 자락 낙엽 되어
발등 아래 나뒹굴어도
사랑으로 떠나버린 자리에
가슴속 지워버린 그리움으로 남아
외로운 그림자 끌어안는다

눈물로 다시 사랑한다면
사랑이 어떤지 알기에
두 번 실패하지 않고
아픔은 주지 않을 테니까
한 번쯤 실패한 임과 사랑하련다.

사랑 그것은 애가(哀歌)

미소 속에 가려진 당신은
그때나 지금도 여전히 같은데
함께하던 그 자리를
이젠, 혼자 되어 지키고 있습니다

바람은 등 뒤에서 훌쩍대고
세월은 한 닢 낙엽 되어 떨어지면
발밑에서 맴돌이하다가
표현할 수 없는 감정을 추스른다

사랑이 떠나가면
그리움 혼자 그림자 껴안고
마음 구석에서 쭈뼛거리다가
혼자 남아도 내 이름 부르지 말아요

다시 사랑한다면
한 번 실패한 이유를 알기에
또 실패할 아픔은 주지 않을 테니까
그런 사람과 사랑하렵니다

멍에

그리워할지 모르면서
채우지 못해 휘몰아치는 서러움
어떡하지 못하고 원망해도
이젠, 어쩔 수 없습니다

나보다 더 보고 싶은지
못 잊어 불러보는 이름이지만
바람처럼 떠난 사랑을 핑계 삼아
주저할지 모르는 당신도
내 소중한 사랑입니다

무음의 폰을 귀에 대고
잃어버린 미소 띄우던 그때
쏟아지는 빗줄기를 쳐다보고 있으면
거칠게 빗속으로 내몰릴까 봐
당신 이름 부르지 못합니다

시린 가슴 적셔도
여전히 보고 싶은지
부르지 못할 당신 잊지 못하고
버튼만 멍하니 지킵니다

비에 젖은 바람

비 내리는 땅바닥에
여울지듯 타원을 그리는 파문
빗방울 파문이 그리는 빛고운 얼굴에
점으로 잇대어 떨어져 어리면
내 텅 빈 가슴에 흐른다

갈 곳을 알지 못한 채
어디로 흐르는지
부대끼는 허기진 바람 소리
빗물은 강물에 녹아도
비 젖지 않는 바람은 가을의 환영사

등 돌린 허리 사이로
허상의 환상이 하나, 둘 쓰러져도
보고 싶지 않은지
손가락 사이로 잡을 수 없는
그리움은 안타까움으로 도망친다.

쑥부쟁이

버려진 빛바랜 운동화 속에
한 아름 쑥부쟁이꽃으로 피어나
이별이란 의미로 곱씹으며
잠을 이루지 못하다가
끝내 스르르 잠들어버렸지
저문 날 홀로 핀 들꽃이 가엽고
오색 단풍이 예뻐서 한 닢 주워 들고 다니다
언제 어디에 버렸는지 기억나지 않고
미련 남지 않을 줄 알았는데
인연의 그림자는 아니었나 봅니다
마른 나뭇가지에서 잠자리가 쉬듯이
잠시 시간이 멈추었으면 좋겠지만
추억은 영상으로 스치고
백발 위에 핀 억새꽃은 된서리 맞고 시들어간다
찬바람에 깊어지는 가을
노을처럼 물들어 돌아오지 않고
떠나버린 인연들이
한 무더기 쑥부쟁이 꽃대 마냥
소슬바람에 흔들린다.

흔들리는 밤바다

아픈 기억 들추며 마음 흔들렸지
윤슬로 반짝이는 길목에
목숨건 사랑은 헛되지 않았다고
급물살 가르며 헤엄치는 연어

은빛 비늘에 가시가 꽂힌 바다
반토막 잘려 나간 지느러미마저
수심 깊숙이 잠겨버린 채
죽은 듯 참아내는 모진 세월이여

침묵으로 받아들일 수 있는
모든 것 사랑으로 받아들이며
검은빛 바람이 휘몰아쳐도
혼자 곱씹으며 마음은 빗장 걸었지

출렁거리는 바다가 눈물 흘리고
절뚝이며 힘겹게 헤엄치다
달빛어린 포구에 마음 담그면
너의 흔들리는 사랑도 바다가 된다.

너의 이름은 사브라

초판 발행 2024년 4월 13일
지은이 윤외기
펴낸이 김복환
펴낸곳 도서출판 지식나무
등록번호 제301-2014-078호
주소 서울시 중구 수표로12길 24
전화 02-2264-2305(010-6732-6006)
팩스 02-2267-2833
이메일 booksesang@hanmail.net

ISBN 979-11-87170-68-6
값 12,000원